小不倒翁

文：謝武彰　　圖：徐進

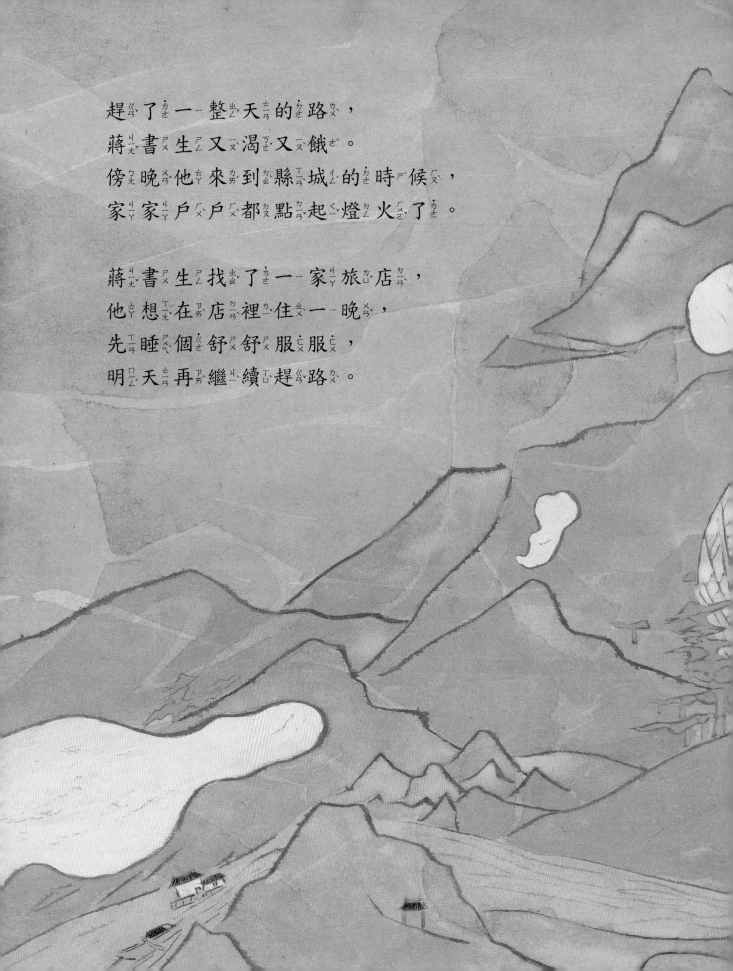

趕了一整天的路，
蔣書生又渴又餓。
傍晚他來到縣城的時候，
家家戶戶都點起燈火了。

蔣書生找了一家旅店，
他想在店裡住一晚，
先睡個舒舒服服，
明天再繼續趕路。

旅店裡有一棟西樓，
又乾淨又明亮。
蔣書生看了很喜歡，
他決定在西樓住一晚。

旅店主人問蔣書生說：
「您的膽子大不大？
這西樓不太平靜啊！」
蔣書生回答主人說：
「我的膽子很大，
我什麼都不怕！」

吃過晚飯，
蔣書生打了一個哈欠，
轉轉頭又彎彎腰，
捏捏手再搥搥腳，
痠痛漸漸消失了，
他覺得舒服多了。

蔣書生正想睡覺的時候，
忽然 ——
茶几底下傳來打水的聲音，
嘩啦 …… 嘩啦 ……
嘩啦 …… 嘩啦 ……

蔣書生趕快趴在地上，
側著頭、瞪大眼睛一看——
啊丫！牆角有一個小黑洞，
從洞裡吹出一陣一陣的怪風……

啊！ 小黑洞裡跳出一個小矮人，
身穿青衣、 頭戴黑帽，
一副僕人的打扮，
大約有三寸高。

小矮人斜眼看著蔣書生，
還大喊了好幾聲，
就轉身走回黑洞裡。
什麼都不怕的蔣書生，
豎起耳朵、瞪大眼睛，
這小黑洞裡，
還會出現什麼怪東西？

過了一會兒，
幾個小矮人舉著旗子，
幾個小矮人扛著轎子，
後面跟著車子和馬匹。
這三寸高的隊伍，很神氣！

蔣書生看得笑咪咪，
他愈看愈覺得有趣！

三寸高的縣官坐在轎子裡，
他揮著雙手、張著嘴巴，
對著蔣書生大聲罵。
聲音卻像蜜蜂嗡嗡響著，
聽不清他在說些什麼？

麼也ψ不ρ怕ρ，
愈ζ生ζ氣ρ。
拍ρ著τ轎ρ子ρ，
——砰ρ——
抓ρ蔣ρ書ρ生ρ。

小矮人聽了縣官的命令，
大聲呼喊著衝向蔣書生。
大家用盡全身的力氣，
扯鞋子的扯鞋子，
脫襪子的脫襪子。
大家忙得團團轉，
大家亂成了一團。

蔣書生就像一座山，
小矮人哪能想搬就搬？

部下這麼不爭氣，
縣官愈看愈生氣。
他從轎子上跳下來，
舉起雙手、 鼓足力氣，
朝著蔣書生衝過來。

蔣書生卻愈看愈有趣，
他把這個愛生氣的縣官，
輕輕的放在茶几上，
很怕把他弄傷。

蔣書生湊上前去，
瞪大眼睛一看——
啊！ 才一眨眼，
縣官就變成了小不倒翁，
他怎麼想也想不通。

蔣書生用手指頭一碰，
小不倒翁就在茶几上，
左搖右搖， 搖個不停。
他不會出聲音，
他也不會眨眼睛。

小矮人快嚇壞了，
大家全都跪下來，
求蔣書生快放了縣官。

蔣書生捉弄他們，說：
「想放人，很簡單，
只要多送些好東西，
我就把縣官還給你。」

小矮人聽了，說：
「沒問題！沒問題！
我們立刻搬來好東西。」

小黑洞裡， 嗡嗡嗡……
小黑洞裡， 鬧哄哄！

蔣書生低頭一看——
小矮人跑來跑去， 忙個不停，
地上很快的擺滿金銀和首飾，
一件一件， 亮晶晶。

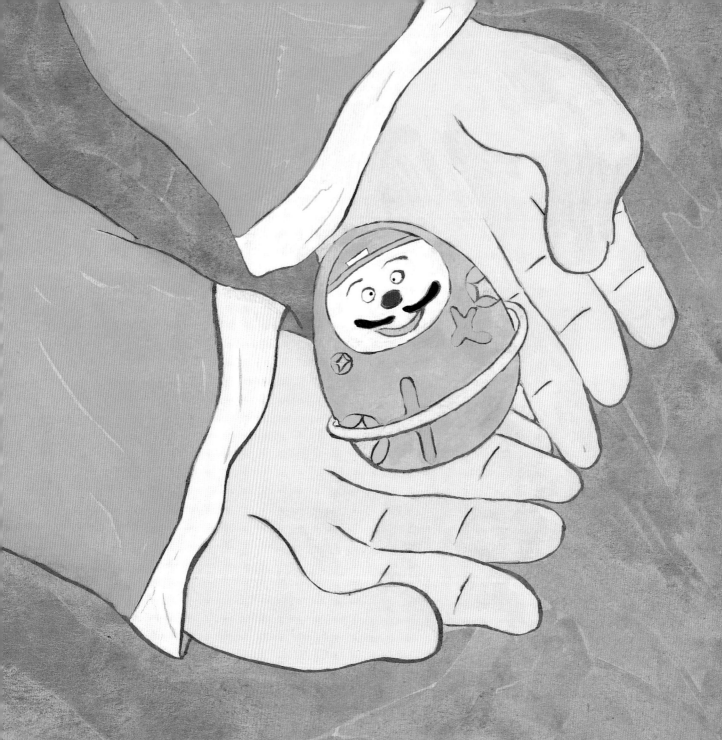

蔣書生捧起小不倒翁，
把他還給了小矮人。
說也奇怪，　才一眨眼，
小不倒翁又變成了縣官。

本來好好的隊伍，
被蔣書生這麼一驚嚇，
全都掉頭跑了，
溜進小黑洞裡去了。

西樓安靜下來了，
西樓靜悄悄，
蔣書生好好的睡了一覺。

天色漸漸亮了，
蔣書生被旅店主人吵醒了。
只聽到他大聲喊著：
「快來抓賊啊──
快來抓賊啊──」

蔣書生匆匆趕來，
他這才知道——
旅店主人的金銀和首飾，
全被悄悄的偷光了，
這可不是一件小事！

蔣書生把夜裡看到的怪事，
全都告訴了旅店主人，
還把金銀和首飾全都還給他，
主人笑得多開心啊！

不平靜的西樓，
終於平靜了。
蔣書生離開旅店，
繼續趕路去了……

文 **謝武彰**

國家文藝獎得主。

生肖是老虎，很喜歡吃餃子，所以就變成「吃餃子老虎」了。

有幾本珍藏的書，有幾張好聽的唱片，有幾個老朋友。

居住在一個船愈來愈少的港都。

寫兒童詩、寫兒童散文、寫圖畫書……

作品的篇幅都是短短的，是一個經常在「尋短見」的人。

編、著作品二百冊及專利三項，是一個經常在腦力激盪的人。

圖 **徐進**

籍貫浙江餘姚，原是一名電氣工程師，

後來受到兩位老師的影響，改行投身繪本插畫藝術創作，曾留學法國，現居上海。

他的工作室在離地七十二公尺的高空中，每天需要坐著小方盒子回到地面。

他喜歡觀察街道行人，喜歡功能多的背包，喜歡散步時腰帶上的鑰匙發出的聲音。

作品有《魔瓶》、《夜裡來的老虎》。

他的個人作品網址是：www.flickr.com/photos/antonyxujin

創作圖畫書

【經典傳奇故事】

小不倒翁

小熊出版讀者回函

文：謝武彰｜圖：徐進

總編輯：鄭如瑤｜文字編輯：許喻理｜助理編輯：姚資竑｜美術編輯：王子昕｜印務主任：黃禮賢
社長：郭重興｜發行人兼出版總監：曾大福｜出版與發行：小熊出版・遠足文化事業股份有限公司
地址：231 新北市新店區民權路 108-2 號 9 樓｜電話：02-22181417｜傳真：02-86671851
劃撥帳號：19504465｜戶名：遠足文化事業股份有限公司｜客服專線：0800-221029
E-mail：littlebear@bookrep.com.tw｜Facebook：小熊出版社
讀書共和國出版集團網路書店：http://www.bookrep.com.tw
法律顧問：華洋國際專利商標事務所／蘇文生律師｜印製：凱林彩印股份有限公司
初版一刷：2015 年 4 月｜定價：280 元｜ISBN：978-986-5863-96-8